성탄절 스티커북

안녕? 아기 예수님

갈릴리 나사렛 마을에 마리아가 살고 있었어요.
어느 날, 천사가 마리아에게 찾아와 기쁜 소식을 전해 주었어요.
"마리아, 아들을 낳게 될 거예요. 이름을 예수라고 하세요."

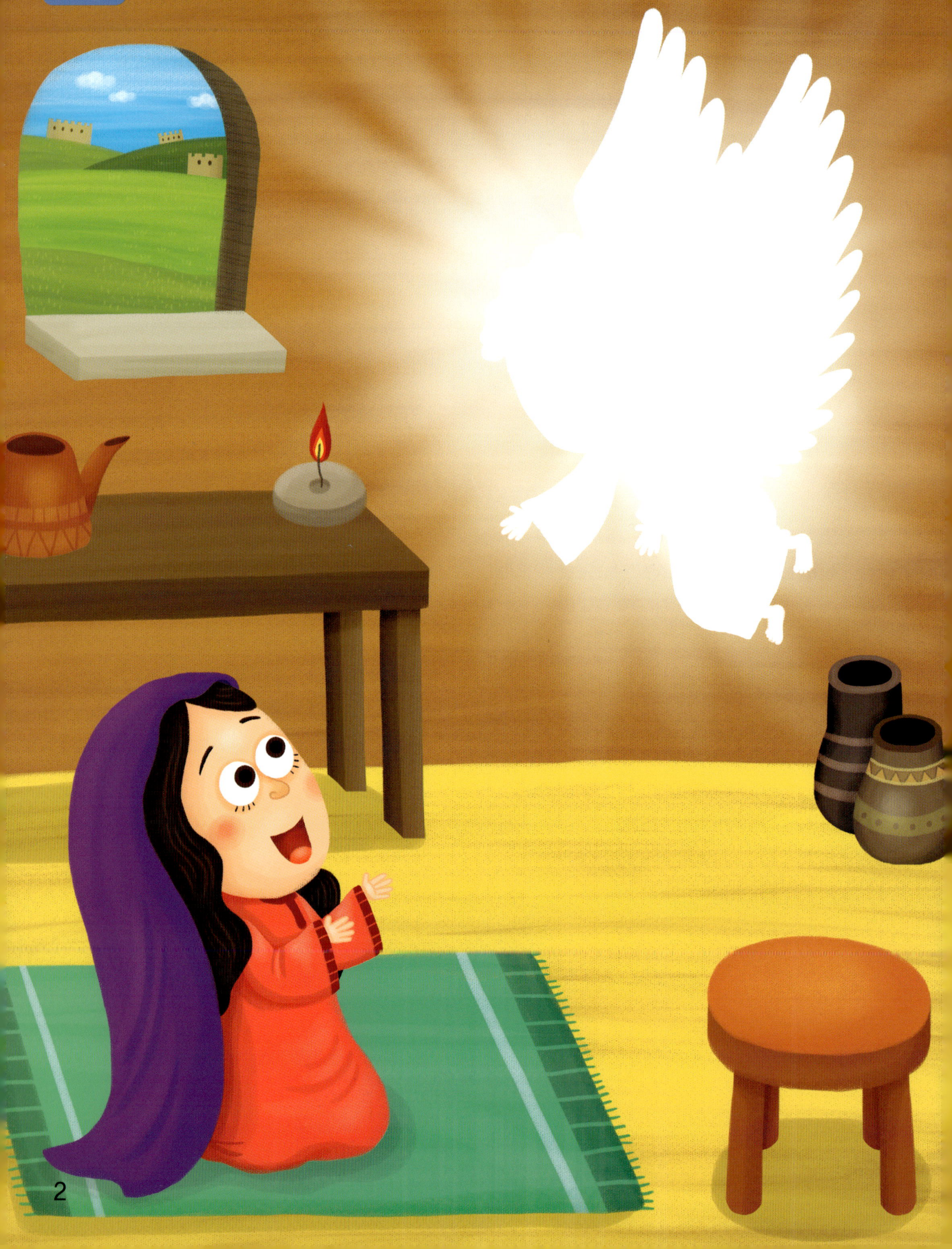

마리아의 배 속에서 소중한 아기가 자라고 있어요.
요셉과 마리아는 기쁜 마음으로 아기 예수님을 기다렸어요.

요셉과 마리아는 왕의 명령을 따라 고향 베들레헴에 갔어요.
뚜벅뚜벅~ 요셉은 곧 아기를 낳을 마리아를 위해 빈 방을 찾아다녔어요.

똑똑똑~ "빈 방 있나요?"
"아니요, 없습니다!"
요셉과 마리아는 말들이 사는 마구간에서 쉬게 되었어요.

스티커놀이

그날 밤, 목자들이 들판에서 양을 돌보고 있었어요.
그때, 천사가 목자들에게 나타나 기쁜 소식을 전해 주었어요.
"오늘 베들레헴에 여러분을 구원할 아기 예수님이 태어나셨어요."
목자들은 아기 예수님을 만나러 베들레헴으로 쌩쌩~ 달려갔어요.

반짝반짝~ 큰 별이 빛나는 밤,
동방박사들은 큰 별을 보고, 새로운 왕이 태어나신 것을 알게 되었어요.
그리고 왕에게 드릴 황금, 유향, 몰약을 준비해서 길을 떠났어요.

스티커놀이

베들레헴

동방박사들은 예루살렘의 궁전으로 갔어요.
하지만 그곳에는 새로 태어난 왕이 없었어요.
헤롯 왕은 동방박사들에게 서기관과 대제사장이 알려 준 대로
왕이 태어날 곳이 베들레헴이라고 가르쳐 주었어요.

고요한 밤, 베들레헴의 마구간.
쌔근쌔근~ 소중한 아기 예수님!
동방박사들도, 목자들도 모두 모여 아기 예수님이 태어나심을 축하했어요.

스티커놀이

"축하해요! 축하해요! 아기 예수님이 태어나심을 축하드려요!"
동방박사들은 황금, 유향, 몰약을 선물로 드렸어요.
"우리를 구원하기 위해 오신 예수님, 감사해요. 사랑해요."
목자들도 큰 소리로 찬양했어요.

반짝반짝~ 큰 별이 빛나는 밤,
마구간에서 태어나신 아기 예수님 그림을 예쁘게 색칠해 보세요.

예수님 생일카드를 자른 후, 스티커로 예쁘게 꾸며서
예수님이 태어나셨다는 기쁜 소식을 친구들에게 전해 보세요.

메리 크리스마스

(아)야, _____ 아기 예수님이 태어나셨어! _____ 가.